Pauvre Anne

Blaine Ray

Adaptation française de Janet Gee

Rédactation de Susan Gross,
Alain Duhon et Missy Freeman

Premier niveau - Livre A
la première nouvelle dans une série de quatre
destinée aux élèves débutants

Blaine Ray Workshops
8411 Nairn Road
Eagle Mountain, UT 84005
Local phone: (801) 789-7743
Tollfree phone: (888) 373-1920
Tollfree fax: (888) RAY-TPRS (729-8777)
E-mail: BlaineRay@aol.com
www.BlaineRayTPRS.com

et

Command Performance Language Institute
28 Hopkins Court
Berkeley, CA 94706-2512
U.S.A.
Tel: 510-524-1191
Fax: 510-527-9880
E-mail: info@cpli.net
www.cpli.net

Pauvre Anne
is published by:

| **Blaine Ray Workshops,** which features TPR Storytelling products and related materials. | & | ***Command Performance Language Institute,*** which features Total Physical Response products and other fine products related to language acquisition and teaching. |

To obtain copies of ***Pauvre Anne***, contact one of the distributors listed on the final page or Blaine Ray Workshops, whose contact information is on the title page.

Vocabulary by Margaret F. Smith and Contee Seely

Cover art by Pol (www.polanimation.com)

First edition published November, 2000
Twelfth printing August, 2009

Copyright © 2000, 2008, 2009 by Blaine Ray. All rights reserved. No other part of this book may be reproduced or transmitted in any form or by any means, electronic or mechanical, including photocopying, recording or by any information storage or retrieval system, without permission in writing from Blaine Ray.
Printed in the U.S.A. on acid-free paper with soy-based ink.

ISBN-10: 0-929724-54-2

ISBN-13: 978-0-929724-54-6

Chapitre un

Anne est une jeune fille américaine. Elle a beaucoup de problèmes. Elle a des problèmes avec sa famille et avec ses amis. C'est une fille normale, mais elle a des problèmes. Elle a seize ans. Elle n'est pas très grande. Elle a les cheveux longs. Elle est brune avec les yeux bleus.

Anne habite à Middletown dans l'état de New York. Elle a une famille normale. Elle a un papa, une maman, un frère et une soeur. Anne habite dans une maison bleue. La maison n'est pas grande, mais elle n'est pas petite non plus. C'est une maison normale.

Anne va à l'école dans la ville. L'école n'est pas grande. Elle s'appelle Middletown High. Anne est en onzième année.

Son père s'appelle Robert. Il travaille dans un garage. Il est mécanicien. Sa mère s'appelle Ellen. Elle travaille dans un hôpital. L'hôpital s'appelle Mercy Hospital. Sa maman est secrétaire à l'hôpital. Elle est secrétaire pour cinq docteurs. Son frère s'appelle Don et sa soeur s'appelle Patty. Don a quatorze ans. Patty a onze ans.

Anne a des problèmes avec sa mère parce que sa mère crie beaucoup. Quand Anne laisse un livre d'école par terre, sa mère crie : « Anne, ramasse le livre ! Ne laisse pas le livre par terre ! » Quand Anne mange du chocolat, sa maman crie : « Anne ! Ne mange pas de chocolat ! Mange une pomme. Mange des fruits. Les fruits sont bons. Le chocolat est mauvais ! Tu as besoin de fruits, mais tu n'as pas besoin de chocolat. »

Anne a des problèmes avec son père. Elle veut de l'argent. Elle veut de nouveaux vêtements. Anne dit à son père :

— Papa, je veux de l'argent. Je veux des vêtements. Je veux manger dans un restaurant.

— Je n'ai pas beaucoup d'argent. Je suis pauvre. Tu as des vêtements et tu as de la nourriture. Tu n'as pas besoin d'argent.

Anne a des problèmes avec Don aussi. Par exemple, elle cherche un livre important. C'est le livre pour la classe d'anglais. Elle a besoin du livre. Elle cherche le livre, mais elle ne le trouve pas. Anne dit à Don :

— Don, j'ai besoin de mon livre. C'est un livre très important. Aide-moi, mon cher frère.

Don ne l'aide pas. Il ne cherche pas le livre. Il regarde la télévision. Il rit des problèmes de sa soeur. Personne n'aide Anne.

Anne a d'autres problèmes avec sa soeur Patty. Patty prend le chemisier d'Anne. Patty n'a pas la permission d'Anne. Patty porte le chemisier à l'école. Après les classes, Anne entre dans sa chambre. Elle regarde ses vêtements. Elle ne voit pas son chemisier. Elle crie : « Où est mon chemisier ? » Patty ne répond pas. Elle rit. Elle a le chemisier d'Anne, mais elle ne lui dit rien. Patty rit des problèmes d'Anne. Pauvre Anne !

Anne a deux bonnes amies. Une amie s'appelle Elsa. Elle a seize ans. Elle est blonde. Elle va à Middletown High aussi. Elle n'étudie pas le français. Elle étudie l'espagnol. Elsa n'a pas de problèmes avec sa famille. Elsa a beaucoup de vêtements. Sa famille lui donne toujours de l'argent. Elsa a une nouvelle voiture. C'est une Ford Mustang. Le père d'Elsa lui a donné la voiture. Elsa ne doit rien payer pour la voiture. Elle va à l'école dans sa nouvelle voiture. Anne n'a pas de voiture. Elle va à l'école dans l'autobus jaune de l'école.

Anne est triste parce qu'elle n'a pas de nouvelle voiture. Elle est triste parce qu'elle va à l'école dans l'autobus jaune. Pendant le week-end elle doit conduire la vieille voiture de ses parents.

Une autre amie s'appelle Sara. Sara a quinze ans et elle a les yeux bruns et les cheveux longs. Elle étudie beaucoup. C'est une très bonne élève. Elle a de bonnes notes à l'école. Elle va aussi à Middletown High. Sara n'a pas de problèmes avec sa famille. La famille de Sara a beaucoup d'argent. Sara va souvent au centre commercial. Le centre commercial s'appelle PPP's. Sara achète beaucoup de nouveaux vêtements. Elle achète toujours ses vêtements au magasin Lord and Taylor. Elle achète des chaussures Nike. Quand Sara a encore besoin d'argent, elle en demande à son père et son père lui donne encore de l'argent ! Elle achète beaucoup de vêtements.

Anne est triste parce qu'elle n'a pas assez d'argent pour acheter beaucoup de nouveaux vêtements. Elle achète rarement de nouveaux vêtements. Anne a des vêtements, mais elle n'a pas beaucoup de vêtements. Elle achète ses vêtements à Wal-Mart. Elle n'achète pas de chaussures Nike. Elle n'achète pas de vêtements Calvin Klein. Sara et Elsa achètent des vêtements Calvin Klein et elles achètent des chaussures Nike. Anne est triste.

La famille d'Anne ne mange pas souvent au restaurant. Les amies d'Anne mangent souvent au restaurant. La famille d'Anne ne mange pas souvent au restaurant parce qu'ils veulent économiser.

Chapitre deux

Un jour, Anne se réveille à sept heures du matin. Elle parle avec sa mère. Elle dit :

— J'ai besoin de mon livre d'histoire parce que je vais à l'école.

— Quel âge as-tu, Anne ? crie sa mère, fâchée. Où est ton livre ? Pourquoi est-ce que ton livre n'est pas dans ta chambre ? De quelle couleur est le livre ? Il y a un livre jaune sur ton lit. Cherche-le dans ta chambre. Il est sur ton lit.

Anne parle avec son frère. Elle lui dit :

— Cherche mon livre d'histoire. C'est très important. J'en ai besoin pour mon cours d'histoire.

Don s'assied sur le sofa et ne répond pas. Il ne l'aide pas. Il ne fait que regarder la télévision. Il n'aide jamais Anne. Anne est triste parce que sa maman est fâchée et parce qu'elle crie quand elle est fâchée. Anne est frustrée parce que son frère ne l'aide pas.

Anne entre dans sa chambre. Son livre jaune est sur le lit. Elle prend le livre jaune et elle va à l'école. Quand elle arrive à l'école, elle voit son amie Sara. Sara porte un nouveau vêtement Calvin Klein. C'est un beau chemisier bleu. Il est super. Le bleu est la couleur préférée d'Anne. Anne regarde le chemisier et dit :

— J'aime bien ton chemisier. Il est neuf ?

— Oui, mon chemisier est neuf. Mon père me donne toujours de l'argent pour acheter des vêtements. J'aime les nouveaux vêtements. J'achète toujours mes vêtements chez Lord and Taylor.

Anne est très triste parce qu'elle n'a pas de nouveaux vêtements. Elle n'a pas de vêtements Calvin Klein. Elle est triste parce qu'elle a des problèmes avec sa famille. Elle ne sourit jamais.

Anne va à la classe de français. Elle a un très bon professeur qui s'appelle Madame Brodé. Madame Brodé est professeur depuis quinze ans. Mme Brodé parle à la classe. Elle dit qu'il y a une bonne occasion pour un élève de Middletown High. Un élève peut aller en Belgique. L'élève peut vivre avec une famille en Belgique pendant les trois mois d'été. Ça ne coûte rien parce que l'école va payer le transport et la famille belge va payer les repas.

Après la classe Anne parle avec Madame Brodé. Anne dit : « Je voudrais aller en Belgique. J'aime la Belgique. Je voudrais vivre avec une famille belge. » Anne est contente. Elle voudrait aller en Belgique. Elle voudrait vivre avec une famille belge. Elle voudrait s'échapper de ses problèmes aux Etats-Unis. Anne se promène pendant cinq minutes. Puis elle monte dans le bus jaune.

Elle rentre chez elle et elle parle avec son père.

— Madame Brodé est mon prof de français. Elle dit qu'un élève de Middletown High peut aller en Belgique pendant les trois mois d'été. Je voudrais y aller. J'aime la Belgique. Je voudrais vivre avec une famille belge.

Madame Brodé dit que c'est une très bonne expérience.

— Il n'y a pas d'argent ! crie son père. Je n'ai pas d'argent ! Je ne peux pas payer !

— Papa, l'école va payer. Tu ne dois rien payer. C'est une bonne occasion pour moi. S'il te plaît, papa. Je voudrais aller en Belgique.

Quand Anne dit que le voyage ne coûte rien, son père est très content. Il lui dit : « Anne, il n'y a pas de problème. Tu peux aller en Belgique. »

Chapitre trois

Trois mois plus tard Anne est très animée parce qu'elle va en Belgique dans deux jours. C'est le dernier jour de classe à l'école. Après la classe de français, Mme Brodé parle avec elle.

— Anne, la Belgique est très différente des Etats-Unis. Les jeunes en Belgique ne peuvent pas conduire à seize ans. Ils voyagent souvent à moto ou à vélo, en autobus ou en train. C'est une bonne occasion pour toi.

— Je suis très contente d'avoir cette occasion. Merci de votre aide.

C'est un jour spécial quand Anne va à l'aéroport dans la ville de New York. L'aéroport de New York est très grand. Toute la famille va avec Anne à l'aéroport. Sara et Elsa vont aussi à l'aéroport. Anne sort son billet d'avion. Elle va en Belgique avec la ligne aérienne Sabena. Anne est un peu triste. Elle a aussi un peu peur. Elle regarde sa

famille et ses amies. Elle les embrasse tous.
Ils crient : « Au revoir ! » Anne monte dans
l'avion.

Après un long voyage, Anne arrive à Bruxelles, la capitale de la Belgique. La famille
Dupont n'est pas à l'aéroport quand elle arrive. Elle cherche sa nouvelle famille, mais
elle ne la trouve pas. Elle cherche beaucoup,
mais elle ne voit pas sa famille. Elle est très
inquiète ! Elle voit un jeune homme. Elle
parle avec lui.

— Bonjour. Je m'appelle Anne. Je suis
américaine. Je cherche ma famille belge,
mais elle n'est pas là. C'est la famille
Dupont. Il y a six personnes dans la famille.
Ils habitent à Namur.

— Enchanté. Je m'appelle Olivier Gau-
thier.

Olivier lui parle encore, mais Anne ne
comprend pas ! Olivier lui prend la main et il
lui montre le train pour Namur. Elle regarde
Olivier.

— Merci, Olivier. Je vous remercie de
votre aide.

— De rien. Bonne chance en Belgique. Bonne chance avec ta famille.

Anne monte dans le train. Le train est très rapide. Anne arrive à la gare de Namur après une heure. Elle descend du train et prend ses bagages.

Elle voit un taxi. Elle sort un papier avec l'adresse de sa nouvelle famille belge. Elle donne le papier au chauffeur de taxi. Le chauffeur regarde le papier qui a l'adresse de la maison. Pendant qu'elle est dans le taxi, le chauffeur lui parle, mais elle ne comprend pas. Elle sourit et dit oui. C'est tout.

Anne a un peu peur parce que la famille n'était pas à l'aéroport. Elle a peur aussi parce qu'elle est en Belgique et elle ne comprend pas beaucoup le français !

Le taxi va jusqu'à l'adresse de la nouvelle famille. Il va jusqu'à la nouvelle vie d'Anne ! Le chauffeur cherche la maison de la famille belge d'Anne. Le taxi arrive à la maison. Anne dit merci au chauffeur et lui donne un peu d'argent.

Elle descend de l'auto et marche jusqu'à la porte. Elle frappe à la porte. Une fille de 14 ans ouvre la porte. Anne regarde la fille et lui dit : « Bonjour, je m'appelle Anne. Je suis américaine. » La fille est très surprise. Elle dit : « Bonjour, je m'appelle Sophie. Pauvre fille ! Ma famille n'est pas allée à l'aéroport. Tu étais toute seule. Pauvre Anne ! » Anne lui sourit et dit : « Pas de problème. Je suis ici. »

La famille explique à Anne pourquoi ils ne sont pas venus à l'aéroport, mais Anne ne comprend rien. Anne ne comprend rien, mais elle sourit et dit oui.

Anne les regarde tous. Ils parlent tous. Ils parlent très rapidement et Anne ne comprend pas. Elle écoute, mais elle ne comprend pas. Elle est très inquiète parce qu'elle ne comprend pas. Elle a peur parce qu'elle est avec sa famille et elle ne comprend rien !

La famille Dupont est une famille normale. Il y a un père et une mère. Le père s'appelle Jean-François. La mère s'appelle Marie-Claire. Ils ont deux filles et deux fils.

Les filles s'appellent Mireille et Sophie. Les fils s'appellent Bernard et Joël. Mireille a seize ans, Sophie a quatorze ans, Bernard a douze ans et Joël a huit ans. C'est une bonne famille.

Le père lui dit : « Bienvenue dans notre maison. Tu vas dormir dans la chambre de Mireille et Sophie. Notre maison est petite, mais notre famille est sympa. Tu es chez toi ici. » Anne sourit parce qu'elle comprend.

Mireille parle un peu anglais et Anne parle un peu français. Les deux peuvent communiquer un peu. « C'est ma soeur Sophie », dit Mireille. « Bonjour », dit Anne. « Bonjour », répond Sophie.

Les trois filles vont dans la chambre. Elles se posent beaucoup de questions : « Tu as un copain ? Quel âge as-tu ? Tu aimes l'école ? Tu aimes la musique de Céline Dion ? » Anne dit :

— S'il vous plaît. Je ne comprends pas. Parlez plus lentement.

— Quel âge as-tu ? répète Mireille très lentement.

— J'ai seize ans.

Mireille sourit parce qu'Anne comprend.

— Tu as un copain ?

— Je n'ai pas de copain, répond Anne.

— Tu aimes l'école ?

— Oui, mon école est bonne. Elle s'appelle Middletown High.

— Est-ce que tu aimes la musique de Céline Dion ?

— Céline Dion est très populaire aux Etats-Unis. J'aime bien la musique de Céline.

— Ta famille a une voiture ?

— Oui, nous avons une voiture, c'est une Toyota. Elle n'est pas neuve.

Maintenant Anne est plus sûre d'elle-même. Elle pose des questions aux deux filles :

— Comment s'appellent tes amies ?

— Ma meilleure amie s'appelle Valérie, répond Mireille. J'ai une autre amie qui s'appelle Emilie. Elles vont toutes les deux à mon école. Elles habitent à Namur. Valérie a quatorze ans et Emilie a quinze ans.

Sophie dit :

— Ma meilleure amie s'appelle Véronique. Elle va à mon école. Elle est très sympa.

Anne, Mireille et Sophie parlent pendant trois heures. Anne ne comprend qu'un peu, mais elle est contente d'être en Belgique. Anne aime sa nouvelle famille. Elle aime la Belgique.

Chapitre quatre

À neuf heures du matin, Anne se réveille. Mireille et Sophie se réveillent aussi. Elles emmènent Anne en ville. Anne, Mireille et Sophie marchent au gymnase. Le gymnase s'appelle « Sport Look ». Anne regarde les personnes. Tous les gens font des exercices. Anne aime le gymnase.

Ensuite, les trois filles vont au parc. Le parc s'appelle « Balzac ». Anne est très surprise parce qu'il n'y a pas beaucoup de personnes dans le parc. Anne veut voir des enfants dans le parc. Elle veut parler français avec des enfants. Ensuite les trois filles vont à la piscine. C'est la Piscine Municipale. Beaucoup de personnes sont à la piscine. Il y a beaucoup d'enfants qui nagent.

Puis elles prennent le bus et elles vont dans un très grand magasin. Le magasin s'appelle le GB. Dans le magasin, il y a des vêtements, des discs compacts, des DVDs et beaucoup d'autres choses. Il y a du Pepsi et du Coca-Cola, mais il n'y a pas d'autres boissons américaines. Il y a une grande variété de boissons. Dans le GB il y a de l'alimentation aussi. Il y a des produits alimentaires variés. C'est différent de ce qu'il y a aux Etats-Unis. Anne voit qu'il y a des fruits. Les fruits sont comme les fruits dans les magasins aux Etats-Unis. Il y a des bananes, des oranges, des pommes et des ananas.

En face du magasin, on vend des frites. Anne regarde les gens dans la rue. Les familles achètent beaucoup de frites. Elles ne sont pas chères. Beaucoup de familles en achètent. Anne n'achète rien parce qu'elle n'a plus d'argent belge.

Elle va à la banque. La banque s'appelle la BBL. Anne a dix dollars. Elle les donne au caissier de la banque et elle reçoit des euros en échange. Elle est contente parce qu'elle a de l'argent européen. Après, elle marche. Elle voit une friterie. Elle achète des frites. Les frites coûtent un euro et 25 cents. Anne mange les frites et dit : « J'aime ça. Elles sont

meilleures que les frites chez McDonald's !
Elles sont délicieuses ! »

Les trois filles retournent à la maison.
Quand elles sont dans la maison, Sophie sort
une radio. Elles écoutent la radio. Le volume
est très fort. La mère entend la musique et
crie : « Hé les filles ! La musique est très forte. Baisse le volume. Maintenant ! » Anne est
surprise parce que la mère de Mireille et Sophie crie. Anne passe le reste de la journée
dans la maison. Elle écoute la musique et regarde la télévision. Elle ne comprend pas
beaucoup. La nuit elle est très fatiguée et
elle dort très bien.

Chapitre cinq

Le lendemain, Anne se réveille et va toute seule au gymnase. Elle rencontre une fille au gymnase. La fille s'appelle Brigitte. Brigitte est très sympa. Elles font des exercices pendant une heure. Après, Brigitte invite Anne à sa maison. Anne accepte et les deux filles quittent le gymnase et vont chez Brigitte. Brigitte et Anne entrent dans la maison.

Brigitte ouvre la porte. La mère de Brigitte l'entend et elle lui crie :

— Brigitte, ta chambre est en désordre. Tu dois la ranger !

— Excuse-moi, maman. J'ai une nouvelle copine. Elle s'appelle Anne. Elle est de New York aux Etats-Unis. Elle va passer trois mois ici.

La mère entre dans la salle et regarde Anne. Elle lui serre la main et dit :

— Enchantée Anne, bienvenue en Belgique.

— Merci, madame. Enchantée.

Anne et Brigitte vont dans la chambre de Brigitte. Elles s'asseyent sur le lit et elles parlent. Anne ne comprend pas beaucoup, mais elle comprend un peu.

— Tu aimes la Belgique ?

— Oui, mais je ne comprends pas beaucoup le français. J'ai besoin de passer encore du temps en Belgique.

— Tu aimes la musique en Belgique ?

— Oui, je l'aime. J'aime la musique française. J'aime toutes sortes de musique. J'aime aussi danser. Il y a des fêtes ici ?

— Oui, il y a souvent des fêtes. J'adore danser, dit Brigitte. Est-ce que tu aimes la nourriture belge ?

— Oui, j'aime les frites et les gaufres. J'aime beaucoup la nourriture belge ! On ne mange pas les frites et les gaufres comme ça chez nous.

— Comment dit-on « les frites » en anglais ?

— « French fries ».

— Mais elles ne sont pas françaises, elles sont belges ! crie Brigitte.

— C'est vrai ? Je vais le dire à toutes mes amies américaines ! On mange beaucoup de frites chez nous.

— Qu'est-ce que tu manges aux Etats-Unis ?

— Je mange des hamburgers et des frites, mais aussi de la pizza, du poulet, de la salade et de la soupe. Je mange beaucoup de choses comme en Belgique.

— J'aime les hamburgers, dit Brigitte. Comment s'appelle ton école ? Elle est bonne ? Décris-moi ton école.

— Mon école s'appelle Middletown High. Elle est près de la ville de New York. Elle est grande. Il y a 1500 élèves. J'aime mon école. J'aime les professeurs. Décris ton école.

— Mon école n'est pas une école publique. C'est une école privée. C'est un lycée. Il est bon. Nous portons des uniformes.

— À Middletown nous ne portons pas d'uniforme. Tu aimes les uniformes ?

— Oui! J'aime les uniformes. Nous avons tous des uniformes. C'est bien. Nous sommes habitués aux uniformes. Notre lycée est une école religieuse. Elle est catholique. Nous étudions la religion à l'école.

— Middletown High est une école publique. Nous n'avons pas de cours de religion.

— Nous faisons des projets de charité aussi à notre école. Chaque année nous donnons nos vêtements usagés aux gens qui n'ont pas de maison.

— C'est un bon projet ! Je voudrais faire un projet comme ça aux Etats-Unis.

Brigitte et Anne parlent longtemps. Anne est très contente. Brigitte parle très lentement et Anne comprend. Quand Brigitte parle rapidement, Anne ne comprend pas. Elles parlent pendant deux heures. Puis Anne retourne à sa maison. La nuit, Anne dort.

Chapitre six

Un soir, il y a une fête en ville. Brigitte et Anne vont à la fête. Il y a beaucoup de gens. Un garçon regarde Anne. Il s'approche d'Anne. Il invite Anne à danser. Elle accepte.

— Comment t'appelles-tu ? lui demande le garçon.

— Je m'appelle Anne, et toi ?

— Richard. Richard Chevalier. D'où viens-tu ?

— Je suis de l'état de New York aux Etats-Unis. Je suis ici en Belgique pendant trois mois.

— Tu parles bien le français.

— Merci. Je parle beaucoup mieux maintenant.

— Tu sais danser le rock-and-roll ?

— Non, je ne le sais pas. Je ne danse pas bien, et toi ?

— Je suis expert en Rock-and-Roll. Je vais t'apprendre à danser. Je te donne des leçons de Rock. En trente minutes tu vas bien danser le Rock !

Les deux dansent. Richard est bon professeur. Il apprend le Rock à Anne. Après trente minutes, Anne danse très bien. Ils dansent pendant deux heures. Ensuite, ils s'asseyent à une table et ils parlent.

— Tu as une copine ? lui demande Anne.

— Je n'ai pas de copine. Je vais aux soirées et je danse, mais je n'ai pas de copine.

— Combien de personnes est-ce qu'il y a dans ta famille ? demande Anne.

— J'ai trois frères et une soeur. J'ai quinze ans. Mon frère Robert a treize ans. Mon frère Raoul a dix ans et mon frère Jean-Michel a huit ans. Ma petite soeur s'appelle Corinne. Elle n'a que cinq ans.

— Dans ma famille il y a cinq personnes. J'ai seize ans. Mon frère s'appelle Don. Il a quatorze ans. Ma soeur s'appelle Patricia. Elle a onze ans. Décris ta maison.

— C'est une maison normale. Il y a trois chambres, une cuisine, un salon, une salle à

Annapolis High School
Media Center

manger, une salle de bains et des toilettes.
Je conduis une moto. Tu aimes les motos ?

— Oui, j'aime les motos. Mais ma mère
va crier si je monte sur une moto. J'ai beaucoup de problèmes avec mes parents. Ils
crient beaucoup. Quand je ne fais pas tout
parfaitement, ils crient après moi.

— Anne, mes parents crient aussi. Mon
père crie après moi. Ma mère crie après moi.
Quand je laisse un livre sur la table, elle crie
après moi. Il n'y a pas de famille parfaite.
Toutes les familles ont des problèmes.

— Oui, c'est vrai ! Je n'ai pas une famille
de fous. J'ai une famille normale.

Il est très tard. Brigitte voit Anne et Richard. Elle s'approche des deux et leur dit :

— Il est très tard. Rentrons.

— Je vous accompagne. Ma maison est à
10 minutes d'ici, dit Richard.

Les trois jeunes vont chez Brigitte. Ils
marchent et ils parlent. Ils parlent de beaucoup de choses. Ils parlent des amis. Ils
parlent des différences entre les Etats-Unis
et la Belgique. Ils parlent des familles.

Après quelques minutes, ils arrivent devant la maison de Brigitte. Anne dit au revoir à Richard. Richard lui fait la bise. Anne est surprise parce que c'est la première fois qu'un garçon lui fait la bise. Elle est gênée. Brigitte lui fait la bise sur la joue aussi. Toutes les filles en Belgique font la bise pour saluer leurs amies. Les garçons font aussi la bise aux filles mais pas souvent aux garçons. Richard leur dit au revoir. Anne dit à Brigitte :

— Je suis très contente, mais je suis triste aussi parce que je vais bientôt retourner aux Etats-Unis.

Chapitre sept

Demain, Anne va retourner à New York. C'est un jour très important pour Anne. Elle est triste parce qu'elle va retourner aux Etats-Unis. Anne doit dire au revoir à ses amis. Elle va chez Brigitte. Elle lui fait la bise.

— Brigitte, c'est incroyable, mais demain à 6 heures du matin je vais retourner aux Etats-Unis. Je suis très triste. J'ai beaucoup d'amis ici. J'aime tout ici.

— Anne, tu es très sympa. Tu es ma meilleure copine, lui dit Brigitte. Je suis triste aussi. Je voudrais te rendre visite dans l'état de New York.

— L'été prochain, tu peux venir me rendre visite. Et tu peux passer tout l'été dans l'état de New York. L'état de New York est beau. Tu vas aimer New York.

Ensuite, Anne va chez Richard. Quand Richard voit Anne, il lui fait la bise.

— Je vais retourner aux Etats-Unis demain et je suis triste.

— J'ai aimé ta visite. Je suis très content que tu sois venue en Belgique. Et je suis content que nous ayons dansé et que nous ayons beaucoup parlé. Toi et moi, on est de bons amis.

— Ecris-moi, Richard !

— Je t'écris demain. Au revoir !

Anne est triste quand elle retourne à la maison. Elle dit au revoir à Mireille et Sophie. Elle dit au revoir à ses parents belges.

— Merci pour tout. J'aime la famille ici. J'aime tout en Belgique. J'aime votre famille. Vous êtes tous très sympa. Toute cette expérience a été fantastique.

Toute sa famille belge l'accompagne à l'aéroport. Anne donne les trois bises traditionnelles à toute la famille et leur dit :

— Au revoir. J'aime la famille Dupont. Merci pour tout. J'apprécie vraiment cette occasion.

Anne monte dans l'avion. Elle s'assied. L'avion vole de Bruxelles à New York.

Après l'arrivée, Anne descend de l'avion et voit sa famille. Toute la famille est à l'aéroport. Elle les voit et crie : « Salut ! » Ils s'approchent d'Anne et l'embrassent. Ils sont tous contents parce qu'Anne est à nouveau aux Etats-Unis. Alors, Anne voit ses amies et elle leur crie : « Salut ! » Anne les embrasse. Anne rentre chez elle. Elle est très contente parce qu'elle est à nouveau avec sa famille. Elle est aussi un peu triste parce qu'elle n'est plus en Belgique.

Chapitre huit

Anne monte dans la voiture de sa famille et dit :

— J'aime conduire. Je suis contente parce que je peux conduire la voiture ici. J'apprécie mes amies et ma famille. J'apprécie beaucoup plus ma vie normale.

Anne entre dans sa maison et crie :

— Je suis chez moi !

Elle regarde tout dans la maison. Rien n'a changé. Elle monte dans la voiture et elle conduit toute seule chez ses amies pour leur dire bonjour. Elle conduit au supermarché. Elle conduit à l'école et elle regarde les vêtements des jeunes. Elle est très contente d'être chez elle et de conduire où elle veut. Ses amies veulent une nouvelle Ford Mustang. Elles veulent de nouveaux vêtements pour l'école. Anne est contente parce qu'elle peut conduire. Anne est une personne différente.

Elle pense à sa famille en Belgique. Elle pense à Richard et à Brigitte. Un jour Anne reçoit une lettre de Richard. Elle lit la lettre. Richard écrit :

Chère Anne, Salut !

Ça va ? Comment va ta famille ? Comment ça va à l'école ? Je vais bien. Tout est bien ici en Belgique. Je vais à l'école. J'ai de bons cours. J'ai un cours d'anglais. C'est un bon cours. L'anglais est intéressant pour moi parce que je veux parler anglais avec toi.

J'étudie aussi le français, les maths, la science et l'histoire de la Belgique. Nous étudions aussi l'histoire des Etats-Unis. C'est très intéressant aussi. J'aime étudier les Etats-Unis.

Brigitte va bien. Elle étudie maintenant aussi. Elle veut parler anglais. Elle veut te rendre visite l'été prochain. Mireille et Sophie vont bien aussi. Elles vont à l'école maintenant. Elles ont beaucoup de cours intéressants. Quand est-ce que tu reviens en

Belgique ? Je voudrais te voir. Je voudrais te parler.

Bises

Ton ami,

Richard

Anne est très contente quand elle lit la lettre. Elle est contente parce que Richard va bien. Elle est contente de recevoir les nouvelles de Richard, Brigitte et Mireille. Elle est contente aussi parce que Brigitte veut venir lui rendre visite à New York.

Anne écrit à Richard :

Cher Richard,

Je suis très contente de recevoir ta lettre. Tu es fantastique ! Je suis contente parce que Brigitte, Mireille, Sophie et toi, vous allez tous bien.

Tout va bien ici. Mes cours sont bons. J'adore ma classe de français. Maintenant je parle beaucoup dans la classe de français. Mon prof dit que je parle bien ! En classe on parle de la Belgique. En classe, je parle beaucoup de mon expérience en Belgique.

Toute ma famille va bien. Ma mère crie après moi, mais ce n'est pas important. J'ai une famille normale. Je ne vais pas en Belgique cet été parce que Brigitte vient chez moi.

Je voudrais visiter la Belgique encore une fois. Je crois que je vais retourner en Belgique dans deux ans.

Merci de ta lettre, Richard. Ecris-moi encore.

Bises

Ton amie,

Anne

Chapitre neuf

Anne a une nouvelle perspective sur la vie maintenant. Elle n'a pas de problèmes. Elle a une bonne famille. Sa mère crie après elle, mais en Belgique les familles crient aussi. Elle a beaucoup d'amis. Elle a des amis belges. Elle a des amis américains.

Anne parle avec un élève à l'école. Il s'appelle Paul. Paul est président du Conseil des Elèves de l'école. Anne veut faire un projet. Elle veut que tous les élèves de Middletown High School donnent des vêtements usagés aux gens qui n'ont pas de maison. Paul lui dit : « Bonne idée. J'aime ton idée. Je vais en parler avec les autres élèves. On va monter un plan. »

Deux mois plus tard, il y a une fête à l'école. Les élèves vont à la fête. Quand ils vont à la fête ils doivent payer. Mais c'est une fête spéciale. On ne paie pas d'argent pour aller à la fête, on offre des vêtements.

Les élèves donnent des vêtements Guess, Calvin Klein et Levis. Il y en a qui donnent de l'argent aussi.

Après la fête il y a beaucoup de vêtements et il y a aussi 235 dollars pour aider le projet. Un jour, après les cours, des élèves vont dans une salle et préparent les vêtements pour les pauvres qui n'ont pas de maison. Anne et ses amies vont à l'Armée du Salut et donnent tous les vêtements et l'argent.

Anne pense à ses amies en Belgique qui donnent aussi des vêtements aux pauvres. Elle pense aux familles qui vont recevoir les vêtements. Elle est fière d'aider les pauvres. Anne pense beaucoup à l'été et à Brigitte. Elle est contente parce que Brigitte vient chez elle pour lui rendre visite. Elle pense à la Belgique. Elle veut retourner en Belgique dans deux ans. Elle sourit parce que la vie est merveilleuse.

VOCABULAIRE

The words in the vocabulary list are given in the same form (or one of the same forms) that they appear in in the text of *Pauvre Anne*.

Unless a subject of a verb in the vocabulary list is expressly mentioned, the subject is third-person singular. For example, *accompagne* is given as only *goes with*. In complete form this would be *she, he* or *it goes with*.

a has
  a besoin de needs
  a (un peu) peur is (a little) afraid
à in, at, to, about
  à 10 minutes 10 minutes away
  à moto by motorcycle
  à nouveau once again
  à seize ans at the age of 16
  à vélo by bike
accepte accepts
accompagne goes with
achète buys
achètent (they) buy
acheter to buy
aérienne : ligne aérienne airline
aéroport airport
âge : quel âge how old
ai : j'ai I have
aide help

aide-moi help me
aider to help
aime likes, loves
  j'aime I like
aimé : j'ai aimé I liked
aimer to like, love
alimentaires : produits alimentaires food products
allée : n'est pas allée didn't go
aller (to) go
allez : vous allez bien you are well
alors then
américain American
ami (male) friend
amie (female) friend
ananas pineapple
anglais English (language)
animée excited
année grade, year
ans years

apprend teaches
après after
   crient après moi (they) yell at me
arrive arrives
arrivent (they) arrive
as (you) have
   tu as besoin (de) you need
   as-tu do you have
   quel âge as-tu? how old are you?
assez enough
au to the, at the
   au revoir goodbye
aussi too, also
autobus bus
autre(s) other
aux in the, to the
avec with
avons (we) have
ayons : nous ayons dansé we danced
   nous ayons beaucoup parlé we talked a lot
bagages suitcases
bains : salle de bains bathroom
baisse lower (command)
bananes bananas
banque bank
beau beautiful
beaucoup a lot
belge Belgian
Belgique Belgium
besoin need (noun)
   tu as besoin (de) you need
bien well, good
   j'aime bien I really like

bientôt soon
bienvenue welcome
billet : billet d'avion plane ticket
bise kiss
   lui fait la bise gives her a kiss
bleu blue
blonde blond
boissons drinks (noun)
bon good
bonjour hello
bonne good
brune brunette
bruns brown
c'est she is, it is, this is
c'est tout that's all
ça that
   ça va ? How are you?; how's it going?
caissier : caissier de la banque bank teller
capitale capitol
catholique Catholic
ce : ce que what
   ce qu'il y a what there is
centre commercial mall, shopping center
cet, cette this
chambre room
chance luck
changé : rien n'a changé nothing has changed
chaque every, each
charité charity
chauffeur driver
chaussures shoes
chemisier blouse
cher dear
cherche looks for

cherche-le look for it (command)
chère dear
chères expensive
cheveux hair
chez at the home of, at (the place of)
  chez elle to her house
  chez moi at (my) home
  chez nous at (our) home
  chez toi at (your) home
choses things
cinq five
cinquante fifty
classe class (session)
  après les classes after school
combien how many
comme like
comment how
commercial : centre commercial mall, shopping center
communiquer communicate
compacts : discs compacts CDs
comprend understands
conduire to drive
conduit drives
Conseil des Elèves student council
content (de) happy (to)
copain boyfriend, (male) friend
copine (female) friend, girlfriend
couleur color
cours class (course)

cours d'histoire history class
coûte costs
coûtent (they) cost
crie yells
  crie après moi yells at me
crient après moi (they) yell at me
crier to yell
crois (I) think
cuisine kitchen
d'aider of helping
d'amis of friends
d'anglais (of) English
d'Anne Anne's
d'argent of money
  n'a pas d'argent has no money
d'autres (of) other
d'avion : billet d'avion plane ticket
d'avoir : contente d'avoir happy to have
d'école (for) school
d'elle-même of herself
d'Elsa Elsa's
d'enfants of children
d'été of summer
d'être : content d'être happy to be
d'histoire of history
  cours d'histoire history class
  livre d'histoire history book
d'ici from here
d'où from where
d'uniforme : pas d'uniforme no uniform

dans in, to
danse dances (verb)
dansé : nous ayons dansé
  we danced
dansent (they) dance
danser to dance
de of, for, from, some
  de la of the, some
  de rien you're welcome
décris describe
  décris-moi tell me about
    (command)
délicieuses delicious
demain tomorrow
demande asks
depuis for (a period of time)
dernier last
des some, about, from
descend de gets off
désordre : en désordre
  messy
deux two
devant in front of
dire to tell
discs : discs compacts CDs
dit says
  dit-on do you say
dix ten
docteurs doctors
dois (you) have to
doit has to
doivent (they) have to
donne gives
donné : a donné gave
donnent (they) give
donnons (we) give
dormir to sleep
dort sleeps
douze twelve
du some, of the

échange exchange
école school
économiser to save money
écoute listens to
écoutent (they) listen to
écris-moi write to me
  (command)
écrit writes
élève student
elle she, her
elles they
embrasse hugs, kisses
emmènent (they) take
en some, to, in, about it
  en achètent (they) buy
    some
  en autobus by bus
  en désordre messy
  en face de across from
  en parler to talk about it
  en train by train
  en ville to town
  il y en a there are some
enchanté nice to meet you
encore again, more
  encore du temps more
    time
  encore une fois again,
    once again
enfants children
ensuite then
entend hears
entre dans goes into
entrent dans (they) go into
es (you) are
est is
est-ce is it
  est-ce que do, does, is,
    are (introduces a
    question)

et and
étais (you) were
Etats-Unis United States
été summer, been
  a été was
êtes (you) are
étudie studies
étudier to study
étudions (we) study
euro Euro (European
  monetary unit)
européen European
excuse-moi sorry, excuse
  me
exemple : par exemple for
  example
exercices exercises
explique explains
face : en face du across
  from
fâchée angry
faire to do
fais (I) do
faisons (we) do
fait does
  il ne fait que all he does
    is
  lui fait la bise gives her
    a kiss
famille family
  la famille Dupont the
    Dupont family
fantastique fantastic
fatiguée tired
fête party
fière proud
fille girl, daughter
fils son
fois time, instance
font (they) do

font la bise (they) give a
  kiss
fort, forte loud
fous crazy people
français, française French
frappe knocks
frère brother
friterie French fry place
frites French fries
frustrée frustrated
garçon boy
gare (train) station
gaufres waffles
gênée embarrassed
gens people
grand tall, big
gymnase gym
habite lives
habitent (they) live
habitués used to,
  accustomed to
hé hey
heure hour
heures: sept heures seven
  o'clock
homme man
hôpital hospital
huit eight
ici here
idée idea
il he, it
  il n'y a pas there isn't
  il y a there is
  il y en a there are some
ils they
incroyable unbelievable
inquiète worried
intéressant interesting
j'achète I buy
j'adore I love

j'ai I have
    j'ai besoin de I need
j'aime I like, love
    j'aime bien I really like
j'apprécie I appreciate, am
  grateful for
j'en ai besoin I need it
j'étudie I study
jamais never
jaune yellow
je I
jeune young
jeunes young people
joue cheek
jour, journée day
jusqu'à right to
l'accompagne goes with
  her
l'adresse the address
l'aéroport the airport
l'aide help her
l'aime like it
l'alimentation food
l'anglais English (language)
l'argent the money
  de l'argent (some) money
l'Armée du Salut the
  Salvation Army
l'arrivée the arrival
l'auto the car
l'autobus the bus
l'avion the airplane
l'école the school
  autobus de l'école
    school bus
l'élève the student
l'embrassent (they) hug her
l'entend hears her
l'espagnol Spanish
  (language)

l'état the state
l'été the summer
l'histoire history
l'hôpital the hospital
la the, her, it
  ne la trouve pas doesn't
    find them
là here
laisse leaves
le the, it, him
leçons lessons
lendemain next day
lentement slowly
les the, them
lettre letter (mail)
leur to them
leurs their
ligne aérienne airline
lit bed, reads
livre book
  livre d'histoire history
    book
longs long
longtemps for a long time
lui her, him, to him, at him,
  to her, at her
  lui prend la main takes
    her hand
lycée high school
m'appelle : je m'appelle
  my name is
ma my
Madame Mrs.
madame ma'am
magasin store
main hand
maintenant now
mais but
maison house, home
maman mom

mange eats
mangent (they) eat
manger to eat
  salle à manger dining
  room
marche walks
marchent (they) walk
maths math
matin morning
  du matin in the morning
mauvais bad
mécanicien mechanic
meilleure best
meilleures better
merci thank you
mère mother
merveilleuse marvellous
mes my
mieux better
Mme Mrs.
moi (to) me
mois months
mon my
monte : monte dans gets
  in, gets on
  monte sur gets on
monter un plan to make a
  plan
montre shows
moto motorcycle
  à moto by motorcycle
municipale municipal, city
  (adjective)
musique music
n'a pas doesn't have
n'a que cinq ans is only 5
  years old
n'achète pas doesn't buy
n'ai : je n'ai pas I don't
  have

n'aide : n'aide jamais
  never helps
  personne n'aide nobody
  helps
n'as : tu n'as pas besoin
  you don't need
n'avons : nous n'avons
  pas we don't have
n'est : n'est pas is not
  n'est plus isn't any more
n'était pas was not
n'étudie pas doesn't study
n'ont pas (they) don't have
n'y : il n'y a pas there isn't
  any
nagent (they) are swimming
ne not
neuf (brand) new, nine
neuve new
non no
  non plus either
normale normal
nos our
notes grades
notre our
nourriture food
nous we
  chez nous at (our) home
nouveau : à nouveau once
  again
nouveaux new
nouvelle new
nouvelles news
nuit : la nuit at night, that
  night
occasion opportunity
offre offers
on they, one
ont (they) have
onze eleven

onzième eleventh
ou or
où where
oui yes
ouvre opens
paie pays
papa dad
papier (piece of) paper
parfaite perfect
par : par exemple for
  example
  par terre on the floor
parc park
parce que because
parfaite perfect
parfaitement perfectly
parle talks, speaks
parlent (they) are talking
parler to talk, speak
parlez (you) speak
pas not
  pas de problème no
    problem
passe spends (time)
passer to spend (time)
pauvre poor
pauvres poor people
payer (to) pay
pendant during, for
  pendant qu'elle while
    she
pense à thinks about
père father
personne nobody, person
personnes people
petite small
peu : un peu a little (bit)
peur : a peur is afraid
peut can
peuvent (they) can

piscine swimming pool
  Piscine Municipale city
    swimming pool
plaît : s'il te plaît please
plus more
  plus tard later
  n'a plus doesn't have any
    more
pomme apple
populaire popular
porte wears, is wearing;
  door
portons (we) wear
pose asks
posent : se posent (they)
  ask each other
poulet chicken
pour for, to
pourquoi why
préférée favorite
première first
prend takes
  lui prend la main takes
    her hand
prennent (they) take
préparent (they) prepare
près near
privée private
problèmes problems
prochain next
produits products
prof teacher
professeur teacher
projet project
promène : se promène
  walks
publique public
puis then
qu'Anne : parce qu'Anne
  because Anne

qu'elle : parce qu'elle because she
  pendant qu'elle while she
qu'est-ce que what
qu'il y a that there is
qu'ils : parce qu'ils because they
qu'un that a
  ne comprend qu'un peu only understands a little
quand when
quatorze fourteen
que that, than
  parce que because
Quel age as-tu? How old are you?
quelle what
  de quelle couleur what color
quelques a few
qui who
quinze fifteen
quittent (they) leave
ramasse pick up (command)
ranger : la ranger clean it up, straighten it up
rapide fast (adjective)
rapidement quickly, fast
rarement seldom
recevoir to receive
reçoit receives
regarde watches, looks at
regarder (to) watch
religieuse religious
remercie (I) thank
rencontre meets
rendre : lui rendre visite to visit her
rentre returns

rentrons let's go back (home)
repas meal
répète repeats
répond answers
reste rest, remainder
retourne returns
retournent (they) return
retourner to return
réveille : se réveille wakes up
réveillent : se réveillent (they) wake up
reviens (you) return
revoir : au revoir goodbye
rien nothing
  de rien you're welcome
  ne ... rien nothing, not ... anything
  rien payer to pay nothing
rit laughs
rue street
s'appelle is named, is called
s'appellent (they) are named
  comment s'appellent what are the names of
s'approche goes up to
s'approchent (they) go up to
s'asseyent (they) sit down
s'assied sits down
s'échapper get away
s'il te plaît please
sa her, his
sais (I, you) know
salle room
  salle à manger dining room

salle de bains bathroom
salon living room
saluer to greet
salut hi
se herself, each other
secrétaire secretary
seize sixteen
sept seven
serre : lui serre la main shakes her hand
ses her (adjective)
seule alone
si if
soeur sister
soir evening
soirées parties
sois : tu sois venu you came
sommes (we) are
son her (adjective)
sont (they) are
   ne sont pas venus (they) didn't come
sort takes out
sortes kinds
sourit smiles
souvent often
suis (I) am
super fantastic
supermarché supermarket
sur on
sûre sure
surprise surprised (adjective)
sympa nice
t'appelles-tu : Comment t'appelles-tu ? What is your name?
t'apprendre to teach you
t'écris (I) will write to you

ta your
tard late
   plus tard later
te you, to you
   s'il te plaît please
temps time
   encore du temps more time
terre : par terre on the floor
tes your
toi you
   chez toi at (your) home
toilettes toilet
ton your
toujours always
tous all, everyone
tout everything, all, whole
   c'est tout that's all
   tout l'été the whole summer
toute all, whole
   toute la famille the whole family
   toute seule all alone
toutes all
   toutes les deux both
traditionnelles traditional
transport travel, transportation
travaille works
treize thirteen
trente thirty
très very
triste sad
trois three
trouve finds
tu you
un, une a, one
usagés used (adjective)

va goes, is going
  Ça va ? How are you?;
    How's it going?
  Comment va ... ?
    How is ... ?; How's ...
    going?
vais (I) go, am going
  je vais bien I am well
variés various, many
variété variety
vas (you) are going
vélo : à vélo by bike
vend sells
venir (to) come
venue : tu sois venue you
  came
venus : ne sont pas venus
  (they) didn't come
vêtements clothes
veulent (they) want
veut wants
vie life
vieille old
viens-tu do you come
vient comes
ville town
  en ville to town
visite visit (noun)
  rendre visite to visit
visiter to visit
vivre (to) live
voir to see
voit sees
voiture car
vole flies (verb)
vont (they) go
votre your
voudrais (I) would like
voudrait would like
vous you

voyage trip
voyagent (they) travel
vrai true
vraiment really
y there
  il y a there is, there are
  je voudrais y aller I'd
    like to go there
yeux eyes

L'AUTEUR

Blaine Ray est le créateur de la méthodologie dite « TPR Storytelling ». Il est également l'auteur de divers matériaux pédagogiques essentiels à l'enseignement du français, espagnol, allemand et anglais. Il enseigne cette méthodologie dans toute l'Amérique du Nord. Tous ses articles sont disponibles à Blaine Ray Workshops (voir p. *i*).

THE AUTHOR

Blaine Ray is the creator of the language teaching method known as TPR Storytelling and author of numerous materials for teaching French, Spanish, German and English. He gives workshops on the method throughout North America. All of his books, videos and materials are available from Blaine Ray Workshops (see page *i*).

N.B.

Dans cet oeuvre les noms de produits ainsi que d'entreprises américains et belges aparaissent afin de créer un cadre réaliste pour les lecteurs nordaméricains auxquels ce livre est destiné. Ne pas interpréter ceci comme endos d'aucune entreprise ou produit mentionné.

Please Note

In this work the names of certain American and Belgian products and companies are used for the purpose of creating a realistic socioeconomic environment for North American students who are expected to be the main readers of it. This use should not be interpreted as an endorsement of any of the products or companies mentioned.

L'ADAPTATRICE

Janet Gee, qui a adapté *Pauvre Anne* au français, est un professeur de français qui habite à Deposit, New York. Elle a étudié en Belgique pendant un an.

THE ADAPTER

Janet Gee, who adapted *Pauvre Anne* to French, is a French teacher who lives in Deposit, New York. She herself was an exchange student to Belgium for one year.

L'ILLUSTRATEUR

Pol est un pseudonyme pour **Pablo Ortega López**, un illustrateur équatorien distingué qui a fait une longue carrière dans le dessin et l'illustration et qui a reçu de nombreux prix. Il travaille actuellement dans les dessins animés. Pol a fait le dessin sur la couverture du livre *Pauvre Anne*. Pour information, consultez son website : *www.polanimation.com.*

THE ILLUSTRATOR

Pol is the pseudonym of **Pablo Ortega López**, a distinguished prize-winning Ecuadorian illustrator who has had a long career in drawing and illustration. He is currently working in animation. Pol created the drawing on the cover of *Pauvre Anne*. For information, see his website: *www.polanimation.com.*

LES HISTOIRES

Par ordre de difficulté, en commençant par les plus faciles, les histoires de Lisa Ray Turner et Blaine Ray (et de Verónica Moscoso) traduites en français sont :

Niveau 1

A. Pauvre Anne*†^° (de Blaine Ray seulement)

B. Fama va en Californie*†° (de Blaine Ray seulement)

C. Presque mort*†

D. Le Voyage de sa vie*†

Niveau 2

A. Ma voiture, à moi*†

B. Où est passé Martin ?*

C. Le Voyage perdu*

D. Vive le taureau !*

Niveau 3

Les Yeux de Carmen* (de Verónica Moscoso)

* Les versions espagnoles dans le même ordre :

Pobre Ana

Pobre Ana: Edición Bilingüe (la version française n'existe pas encore)

Patricia va a California

Casi se muere

El viaje de su vida

Pobre Ana bailó tango (de Patricia Vera-
no, Verónica Moscoso et Blaine Ray; la
version française n'existe pas encore)

Mi propio auto

¿Dónde está Eduardo?

El viaje perdido

¡Viva el toro!

Los ojos de Carmen (de Verónica Moscoso)

Vida o muerte en el Cusco (la version
française n'existe pas encore)

† Les versions allemandes déjà publiées :

Arme Anna

Petra reist nach Kalifornien

Fast stirbt er

Die Reise seines Lebens (Niveau 2)

Mein eigenes Auto

^ La version russe déjà publiée :

Бедная Аня

° Les versions anglaises déjà publiées :

Poor Ana

Patricia Goes to California

The Eyes of Carmen

DISTRIBUTORS
of Command Performance Language Institute Products

Entry Publishing & Consulting P.O. Box 20277 New York, NY 10025 (212) 662-9703 Toll Free (888) 601-9860 Fax: (212) 662-0549 lyngla@rcn.com	*Midwest European* *Publications* 8124 North Ridgeway Ave. Skokie, IL 60076 (800) 277-4645 Fax (888) 266-5713 Fax (847) 676-1195 info@mep-eli.com www.mep-eli.com	*World of Reading, Ltd.* P.O. Box 13092 Atlanta, GA 30324-0092 (404) 233-4042 (800) 729-3703 Fax (404) 237-5511 polyglot@wor.com www.wor.com
Applause Learning Resources 85 Fernwood Lane Roslyn, NY 11576-1431 (516) 365-1259 (800) APPLAUSE Toll Free Fax (877) 365-7484 applauselearning@aol.com www.applauselearning.com	*Carlex* P.O. Box 81786 Rochester, MI 48308-1786 (800) 526-3768 Fax (248) 852-7142 www.carlexonline.com	*Delta Systems, Inc.* 1400 Miller Parkway McHenry, IL 60050 (815) 36-DELTA (800) 323-8270 Fax (800) 909-9901 custsvc@delta-systems.com www.delta-systems.com
Berty Segal, Inc. 1749 E. Eucalyptus St. Brea, CA 92821 (714) 529-5359 Fax (714) 529-3882 bertytprsource@earthlink.net www.tprsource.com	*Varsity Books* 8950 Palmer Street River Grove, IL 60171 (877) 827-2665 Fax (888) 839-8779 help@varsitybooks.com www.varsitybooks.com	*Adams Book Company* 537 Sackett Street Brooklyn, NY 11217 800-221-0909 Fax 800-329-2326 orders@adamsbook.com www.adamsbook.com
TPRS Publishing, Inc. P.O. Box 11624 Chandler, AZ 85248 (800) TPR IS FUN = 877-4738 Fax: (480) 963-3463 TPRISFUN@aol.com www.tprstorytelling.com	*Continental Book Co.* 6425 Washington St. #7 Denver, CO 80229 (303) 289-1761 Fax (800) 279-1764 cbc@continentalbook.com www.continentalbook.com	*MBS Textbook Exchange* 2711 West Ash Columbia, MO 65203 (573) 445-2243 (800)325-0530 www.mbsbooks.com
Sosnowski Language Resources 13774 Drake Ct. Pine, CO 80470 (303) 838-0921 (800) 437-7161 Fax (303) 816-0634 orders@SosnowskiBooks.com www.sosnowskibooks.com	*Follett Library Resources* 1340 Ridgeview Drive McHenry, IL 60050 (888) 511-5114 (815) 759-1700 Fax (800) 852-5458 Fax (815) 759.9831 customerservice@flr.follett.com www.flr.follett.com	*Tempo Bookstore* 4905 Wisconsin Ave., N.W. Washington, DC 20016 (202) 363-6683 Fax (202) 363-6686 Tempobookstore@usa.net
International Book Centre 2391 Auburn Rd. Shelby Township, MI 48317 (810) 879-8436 Fax (810) 254-7230 ibcbooks@ibcbooks.com www.ibcbooks.com	*Follett Educational Services* 1433 Internationale Parkway Woodridge, IL 60517-4941 800-621-4272 630-972-5600 Fax 800-638-4424 Fax 630-972-5700 textbooks@fes.follett.com www.fes.follett.com	*Teacher's Discovery* 2741 Paldan Dr. Auburn Hills, MI 48326 (800) TEACHER (248) 340-7210 Fax (248) 340-7212 www.teachersdiscovery.com